O Grande Minerador

Pedro Marodin

13ª Edição

Fotografias, Capa e Diagramação:
Pedro Marodin
Músicas:
Hermeto Pascoal e Pedro Marodin
Revisão:
Isabel Hammes
Impressão:
Amazon

CATALOGAÇÃO NA FONTE

M354g   Marodin, Pedro, 1963-
        O grande minerador / Pedro Marodin - Porto
Alegre: Pedro Marodin, 2020.
      64 p. : fotos ; partit.; 13 x 17,5 cm
      ISBN 978-85-908347-2-4
      1. Literatura Brasileira:Novela I. Título

CDU 869.0(81)-32

Bibliotecária Resp.: Rosaria Garcia Costa CRB 10/1230

Críticas e pedidos de outros livros:
contato@pedromarodin.com.br
www.pedromarodin.com.br

ÍNDICE GERAL

ÍNDICE FOTOGRÁFICO

Para minha mãe Elisabeth

NOTA DO AUTOR

Sem percebermos, as pedras nos envolvem por todos os lados. Sejam as pedras da calçada, nas paredes e nos telhados de nossas casas, no anel da pessoa amada, em obras de arte, nos instrumentos musicais, cirúrgicos, nos veículos, relógios, computadores, talheres, bússolas, aeronaves, lâmpadas, pregos, enfim...

Estamos o tempo todo envolvidos com as pedras e os minerais do mundo. Sem eles, estaríamos, até gozado dizer, na "Idade da Pedra", pode soar estranho, mas é a pura realidade.

A Idade da Pedra é o momento atual, não só pela presença tão boa das pedras no dia a dia de nossas vidas, como também pela presença não tão nobre das pedras da maldade humana.

São tantos preconceitos, tanta ganância e indiferença que me faz sentir como se estivéssemos na Pré-História da Inteligência.

O homem, após sair literalmente das cavernas, hoje, vive angustiado dentro de outra.

Esta é a história de um poeta que conhece um velho minerador e a sua arte de lapidar as pedras, e, juntos, ligados na magia e na poesia do mundo, descobrem um grande tesouro dentro do ser humano.

Aproximai-vos
da alma, pedra-viva,
rejeitada pelos homens,
mas escolhida a
pedra preciosa
de Deus.

1 Pdr 2, 4

A PEDRA BRUTA

O caminho estava péssimo, todo embarrado, mas, mesmo assim, decidi enfrentar a pé os quatro quilômetros que faltavam para ver o mar.

Era a primeira tarde de sol depois de uma semana inteira de chuva, e o dia quente e abafado, me convidava para chegar o quanto antes na beira da praia.

Mas a natureza tem o seu tempo, não bastando o barro, que já dificultava minha caminhada, ainda havia outro obstáculo que teria de ultrapassar: uma montanha que, visualmente, me separava do oceano. Teria que ter muita paciência para subí-la, tanta lama que havia.

E assim que alcancei seu sopé, dei uma parada rápida para guardar a flauta e a câmera fotográfica dentro da mochila e tratei logo de subir a encosta.

Devagar e delicadamente fui ganhando altura, sabia que, se desse um passo em falso, naquele momento, poderia levar um belo tombo.

Comecei, então, a imaginar como estaria a praia do outro lado da montanha.

O mar azul, as ondas perfeitas, alguns poucos pescadores com suas barcas, um cardume entrando na baía, a maré crescendo, as dunas se movendo ao sabor do vento, quando, de repente, dei uma escorregada forte, senti minhas pernas dançar e a balançar pra tudo quanto é lado, uá, capotei ali mesmo, dando com tudo no chão!

Era barro na cara, nas mãos, lama nos cabelos, na calça, mochila, cantil, panela... Tudo enlameado!

Fiquei ali, estatelado por alguns segundos, indignado, só imaginando o que deve ter sentido "Adão" quando se olhou pela primeira vez, e se viu todo embarrado.

Talvez por isso o homem seja assim, sempre tão descontente e revoltado.

Levantei-me com dificuldade – tanto peso que carregava na mochila – e recomecei a caminhada.

E, alguns minutos depois, consegui alcançar, enfim, o topo da montanha.

Mas que visão maravilhosa!! Mesmo com lama no rosto e por todo corpo, era impossível não deixar de apreciar e de se emocionar com este lugar tão lindo e mágico!!

Ahhh, o oceano!

Praia do Rosa é algo como o Paraíso! Uma baía rodeada por montanhas com duas lagoas aos seus pés, uma de água salgada e outra de água doce, essa última, sem poder enxergá-la daquele ponto, pos ficava escondida mais ao sul, bem do lado da estrada de terra, a uns cem metros da praia.

Tinha até perdido a conta de quantas e quantas vezes eu havia visitado o Rosa e acampado ao lado da lagoa doce, onde todas as manhãs acordava cedinho, preparava um café e, em seguida, mergulhava nela assim, estupidamente gelada, antes de ir correndo até a praia para puxar um arrastão com Seu Anastácio – um velho pescador e grande contador de histórias do Rosa.

Comecei, então, a descer a montanha, ansioso por montar a barraca.

Mas foi no momento em que passei pela última curva na descida do morro e finalmente consegui avistar a lagoa doce, foi quando percebi que haviam cercado e loteado todos os terrenos à sua volta.

– Putz! – Gritei indignado, parando e olhando aquele emaranhado de fios, telas, portões e moirões construídos bem junto à lagoa.

– Lotearam um Santuário Ecológico??

Não estava acreditando no que via!

Mas como pode alguém fazer uma coisa dessas?

Pouco depois, triste e arrasado, recomecei a descer a montanha, mas decidido, pelo menos, a tomar um bom banho, talvez o último na lagoa doce, quando percebi que vinha subindo uma garotinha, pulando e saltitando pelas pedras e poças que havia na estrada.

Tinha seus olhos fixos em mim, e nos seus braços, segurava uma plantinha, uau, me arrepiei, não era uma menina qualquer. Usava um vestido esverdeado e muito largo que cobria todo o seu corpo, acho que de seda, porque quando se movimentava, podia se ver claramente o azul do céu, refletindo como ondas.

Foi se aproximando, sorriu e me entregou a arvorezinha, fazendo meu coração bater ainda mais forte.

– Você caiu? – disse ela toda meiga, disparando lomba acima.

Segurei a plantinha tremendo e, assustado, saí correndo, escorregando e deslizando pelo barro e pelas pedras do caminho, lomba abaixo.

Tão rápido desci o morro, que nem reparei que havia passado pela lagoa, quando cheguei ainda atordoado na beira do mar.

Olhei para a arvorezinha, olhei para o oceano azul e tentei relaxar respirando fundo uma brisa que passava, trazendo consigo o pólen da maresia, que há meses não fertilizava minha poesia – coloquei a mochila no chão e me sentei bem ao seu lado.

Não faz muito tempo, sempre que eu vinha acampar no Rosa, costumava trazer junto comigo uma mudinha de árvore que plantava perto da lagoa.

Era uma forma de agradecer à natureza tudo o que ela iria me dar naqueles dias que estivesse ali: a água, a lenha, o ar, iria ver tantos pássaros com suas cores e sons, tantas flores com seus delicados perfumes, os desenhos nas asas de uma borboleta, as baleias parindo seus filhotes – iria encher o bagageiro da cabeça com lindos e mágicos presentes...

Recoloquei a mochila no ombro, peguei a arvorezinha e, decidido, retomei o caminho de volta até a lagoa doce onde iria plantá-la, é claro, do seu lado.

Mas quem seria aquela menina? – Me perguntava.

E assim que cheguei, pulei duas cercas, olhei em volta e, como ainda não havia nenhuma construção, escolhi o lugar mais bonito para plantá-la: numa pequena elevação do terreno, assim, ela teria vista para o mar.

Com calma, subi no pequeno platô, ajoelhei-me, fiz um buraco fundo com as mãos e coloquei a plantinha em seu mais precioso berço.

A Terra!

Entrei na água minutos depois, mergulhando o corpo suavemente na lagoa e dando um suspiro de prazer, atraindo a curiosidade dos patos selvagens escondidos junto aos juncos.

E, entre uma nadada e outra, olhava para a plantinha.

Certa vez, faz uns dois anos atrás, fui acampar em uma reserva ecológica, perto de Porto Alegre, e levei junto comigo um pé de abacateiro para plantá-lo na região.

Mas antes, inventei de mostrar a ele o lugar onde iria morar. Caminhamos por trilhas, mostrei o riacho, subimos no morro para olhar o horizonte, entramos numa gruta para sentir a solidão, e logo depois apresentei-o a todas as árvores que iriam lhe fazer companhia, plantando-o em seguida.

Estava super feliz com sua nova morada!

Fiquei lá acampando cerca de um mês, escrevendo e fotografando na região, mas quando precisei ir embora, foi muito triste.

– Tchau amiguinho, um dia a gente se vê!

E fui indo, indo, já estava longe, mas ainda dava pra ver suas folhinhas verdes me abanando.

Saí d'água devagar e, depois de vestir roupas limpas, comecei a caminhar novamente na direção do mar – pois não era mais possível acampar ao lado da lagoa.

E, como já estava meio tarde, precisava encontrar urgente outro lugar para ficar.

Pensei no Morro do Portinho, ali perto, no canto sul do Rosa.

Não, lá não tinha nenhuma árvore para suavizar o calor com uma boa sombra. Ao meio-dia, com sol direto, minha barraca se transforma em um forno, numa temperatura na casa dos quarenta, cinquenta graus centígrados, uma sauna!

Talvez junto à lagoa salgada, um lugar bem legal para ficar.

Também não, o movimento por lá nos últimos anos andava crescendo cada vez mais.

Eu precisava mesmo era de um pouco de paz e silêncio para meditar, escrever e tocar flauta depois de passar o outono e o inverno longe do mar, vendendo e divulgando meus livros no interior dos estados de Minas Gerais, Goiás, Brasília e São Paulo.

Agora, com a minha caminhonete quebrada numa oficina em Garopaba, tinha alguns dias pra descansar.

Mas não tinha com o que me preocupar, ao norte do Rosa existia um barraco abandonado que, em último caso, seria um ótimo abrigo.

E assim que cheguei na beira da praia, tive outra surpresa: encontrei um velho sentado bem no lugar onde eu havia estado da outra vez! Achei estranho, a praia completamente vazia e ele ali, bem naquele lugar.

Curioso, me aproximei do tal.

– Boa tarde! – Cumprimentei.

– Tarde! – Respondeu ele se virando para mim, e, olhando para a mochila, completou:

– Está chegando agora?

– É, mais ou menos! Estou procurando um lugar para acampar. Você é pescador?

– É, mais ou menos! – Disse ele me imitando igualzinho, me fazendo sorrir – Sou minerador!

– Mesmo!?

Eu nunca tinha conhecido um minerador em minha vida!

Claro, mineradores devem passar quase todo o tempo trabalhando no interior da terra!

– Conheço mineradores só de fotografias, usam aquele chapéu estranho com uma lanterna na ponta.

– É gozado, né!? Uma luz saindo da testa!

– É! Mas ela deve ser muito útil naquela escuridão toda!

– É verdade! – disse ele soltando uma linda gargalhada.

– Mas você trabalha na extração de ouro mesmo ou com pedras preciosas?

– Bem, na verdade eu procuro outro tipo de pedra.

– Carvão, alumínio, ferro?

– Não!

– Prata, cobre, mármore?

– Também não!

– Deixa eu ver, granito? – Perguntei por fim, sem querer insistir.

– Procuro uma pedra muito preciosa que não se encontra no interior da terra.

– Como assim!?? – Disse curioso.

– Sou um minerador que gosta de lapidar a pedra bruta para encontrar as pedras preciosas que estão escondidas dentro de cada pessoa.

Que bonito isso!

O velho devia ser alguém muito especial!

E, esticando a mão, tive vontade de conhecê-lo:

– Então, muito prazer, moço, meu nome é Pedro!

– Prazer é meu – e tocando as mãos – cê pode me chamar de "mago".

Um mago? Mas claro, sentia algo de diferente no velho!

Tanto lugar pra sentar e ele ali, justamente no lugar onde eu tinha estado na primeira vez que vim até a praia. Que coincidência estranha!

E assim, me deixei ser levado por aquela onda de curiosidade.

– Reparei no teu sotaque, é bem diferente daqui da região aqui do sul. Tu vens de onde? – Perguntei ao velho.

– Eu sou de Minas Gerais!

– É??? Nossa, adoro Minas, estive trabalhando lá neste inverno! Terra do mestre Aleijadinho, das cidades históricas de Tiradentes, Mariana, Alfenas!

– Ouro Preto, Diamantina, Divinópolis...

– Mas então, o que é que você veio fazer por aqui? – Perguntei entusiasmado.

O velho se voltou para o mar, viu uma gaivota que mergulhava no oceano, e apontou na sua direção.

– Está vendo aquela gaivota garimpando a água para achar o seu alimento?

– Sim, estou vendo!

– Assim sou eu – e me olhou carinhosamente – vim minerar a pedra bruta que está escondendo uma pessoa muito preciosa.

Meus olhos se encheram de lágrimas.

O velho se levantou rápido e colheu as primeiras que escorriam do meu rosto, levando até sua boca.

– Estas, são as pedrinhas mais preciosas do universo!!

– Além de mago, também és poeta? – Retruquei, trocando o choro por um pequeno sorriso.

– Poesia também é magia, uai!

E, lentamente, saímos caminhando pela beira da praia, observando um bando de gaivotas que passava sobre nossas cabeças.

– Esses pássaros me lembram de uma fábula que escrevi há muito tempo. – Comentei.

– Cê escreve?

E, numa operação rápida, peguei um caderno com textos meus que estava no bolso de trás da mochila e entreguei a ele.

– Esse é o meu próximo livro!

Então, com calma, pegou o caderno e começou a folhear e a ler alguns poemas.

E, enquanto ele lia, comecei a observá-lo melhor.

Na verdade, o mago não era tão velho assim, usava um bermudão marrom bem largo, esses com cordinha branca no lugar do botão, chinelos de couro, uma camisa branca folgada, deveria ter seus setenta e poucos anos, mas a sua barba e os cabelos brancos, a estatura baixa, rugas no rosto e com a voz um pouco rouca, talvez, de tanto minerar a pedra bruta das pessoas, fazia dele um velho bem carismático, como se a tal pedra bruta estivesse por todo lado, o obrigando a se dedicar intensamente à sua arte.

A arte de minerar.

E, falando de pedras, não estava mais aguentando o peso da mochila, tão carregada que estava. Livros de poesia, um romance, a máquina fotográfica, o tripé, duas lentes, a flauta, papéis para escrever, cobertores para o frio, colchonete, a rede, minhas roupas, coisas de higiene, o facão, cantil, panelas, arroz, lentilha, sal, bananas, verduras, pão, mel, a barraca...

Não entendia de onde eu tirava tanta força para carregar e puxar todo aquele trem.

Com o carro estragado, e sem peças para o conserto, teria que me virar por uns dias até que elas chegassem de Florianópolis, quando então, poderia voltar pra estrada e pra lida. O fardo de vender livros de forma independente num país que quase não lê, é uma façanha, carregar o peso nas costas de tentar levar o amor e a beleza das coisas num mundo tão materialista, frio e calculista não é para qualquer um. Aquela mochila lotada não era nada comparado com o meu trabalho de plantar, no coração humano, a semente do meu sonho. O sonho de que as pessoas, um dia, possam viver num mundo de delicadeza, de respeito e poesia.

Estávamos indo para o canto norte do Rosa, na direção do velho barraco abandonado, cerca de dois quilômetros dali, e talvez ainda, a única construção no Rosa Norte.

E assim, caminhando e conversando com o mago, fui conhecendo um pouco sua arte...

A ARTE
DA MINERAÇÃO

– Cada pessoa é uma mina, escondendo preciosidades muito além de sua própria percepção.

Que lindo!

Precisava pegar rápido uma caneta e papel na mochila para não esquecer aquela frase.

"Cada pessoa é uma mina, escondendo preciosidades muito além de sua própria percepção". – Anotei.

– Não precisando nada mais que a sujeira e a poeira do dia a dia para cobrir e deixar seus tesouros sem nenhum valor. Porque só é tesouro quando usamos o seu brilho para iluminar as nossas trilhas. – Completou ele.

Eu nunca havia pensado desse jeito! Comparar uma pessoa a uma "mina preciosa"!

Uma maneira bem diferente de ver o ser humano, também, nos olhos de um minerador todas as coisas deviam ser pedras, todas as suas experiências de vida, todas as suas ideias deviam ser garimpadas e muito bem lapidadas...

E, assim, falando de mineração, ficamos andando de pés descalços, pela beira da praia.

Fiquei até imaginando o mago vestido de minerador. A cara e as mãos tomadas de carvão e fuligem, o macacão amarrotado e sujo, aquele chapéu antigo de operário com um pequeno pavio a querosene queimando na ponta, iluminando assim, os caminhos que devia seguir, subindo e descendo escadas, túneis, galerias, longe da luz do sol que, na superfície, a todos ilumina.

"Mineradores deviam ser pessoas muito raras de se encontrar neste mundo." – Pensei.

Já era fim de tarde quando chegamos no barraco, um tanto castigado pelos cupins e atirado à maresia do dia a dia.

O lugar, no entanto, estava lindo, intacto!

A bica com água boa para beber, o morro com árvores nativas, a areia branca, as ondas quebrando perfeitas e o grande costão que separa a Praia do Rosa das praias do norte: Praia do Ouvidor, Ferrugem, Garopaba... Tudo divino!

Entrei devagarinho, largando a mochila em um canto e lembrando da primeira vez que estive no Rosa, quando passei um verão muito divertido e apaixonado por uma mulher encantadora neste mesmo barraco.

Brilhava a primeira estrela no céu quando terminei de arrumar minhas coisas. O mago, depois de dar uma saída, reapareceu algum tempo depois, de banho tomado, lenha nos braços e o cantil cheio d'água pendurado no pescoço. E foi direto ao assunto:

– Eu faço o fogo e você a comida!

– Então tá! – Respondi me dirigindo ao barraco para pegar, na mochila, a panela, o arroz orgânico, uma cebolinha, óleo e sal.

E, enquanto ele calmamente separava a lenha e acendia a fogueira, falei dos livros que trouxera para ler, recitei textos de alguns amigos e, naturalmente, acabamos conversando sobre literatura.

– Escrever é como fazer um filho – disse eu – uma gravidez de palavras, como se elas fossem células, uma por uma, se juntando e se multiplicando.

– Que interessante! Isso até dá uma poesia! – Instigou ele.

Olhei a noite estrelada para pensar em alguma coisa e logo tive uma ideia. Escrevi rápido e, subindo em uma pedra, declamei:

a palavra quando deita apaixonada
sobre a cama virgem do papel
acorda grávida de sonhos,
de histórias, de homens
e poemas...

Êhhh, e ficamos ali, pulando e festejando em volta da fogueira, mais parecendo um ritual indígena comemorando a chegada da primeira filha de um poderoso chefe tribal.

Depois de jantarmos e de conversarmos bastante – e como conversamos – entrei no barraco e peguei uma caneta e algumas folhas em branco me sentando perto da fogueira.

Estava com vontade de escrever aquela noite.

O velho comera pouco e, mostrando sinais de cansaço, se espreguiçando e bocejando muito, se retirou para mergulhar nas águas mais profundas do sono, era quase meia noite, iria ouvir histórias que só as ondas do mar sabem contar.

E lá de dentro, ele gritou:

– Boa noite, poeta!

– Durma bem, mago! Tem um cobertor aí do lado da mochila, caso tu sintas frio!

Estava sentindo uma vibração tão boa naquele momento, a inspiração fluindo, o céu enluarado e tão estrelado, que aproveitei para ficar até alta madrugada meditando e escrevendo.

Comecei anotando uma frase que o velho mago havia dito sobre o valor de cuidar e de ajudar o próximo, mesmo nas pequeninas coisas: "É na peneira dos pequenos detalhes que conhecemos as pessoas mais preciosas."

Olhei pro mar, olhei novamente para a escuridão da noite e vislumbrei aquela bola enorme decorando e enfeitando o céu, e, então, anotei um haikai, uma pedrinha de poema:

na ostra do universo
a pérola
da Lua cheia

Era estranho ver um minerador sem uma pá, sem uma picareta, nem ao menos uma bateia para que pudesse garimpar nas águas dos rios!

O velho usava apenas a palavra para minerar. Explicava as coisas da vida de uma forma tão especial: como a gentileza é sufocada pela pedra dura da indiferença; a importância de usar o nosso dom como instrumento para se aprofundar e conhecer a nossa própria mina; porque as pessoas, quando descobrem a Pedra do Perdão, ficam tão ricas...

Falava de coisas tão simples, como aquele velho provérbio "água mole em pedra dura, tanto bate até que fura", e, ao mesmo tempo, falava de coisas tão difíceis de se entender, como a Pedra do Respeito entre as pessoas, "esta é uma pedra muito valiosa", dizia ele com um brilho no olhar.

Não aquele brilho da ganância devastador de quem conta cifras e só pensa em lucro. Não. Era um olhar diferente, algo indescritível! Como o olhar de um anjo!

Seu único instrumento de mineração era sua sensibilidade, devagarinho ia conhecendo as pessoas, rompendo a casca, descobrindo seus caminhos, suas trilhas, sempre à procura de um sorriso ou de uma pequena mas preciosa fonte de luz, suficiente para iluminar e envolver as mais duras ideias da bruta pedra humana...

Quando acordei já passava do meio-dia, depois de um sonho bem bonito!

Sonhei que estava olhando uma igreja.

Era uma igreja linda, como essas que tem em São João del Rey, em estilo barroco, muito parecida com a de São Francisco. E a sua porta muito antiga, de madeira, era, na verdade, a entrada de uma velha mina.

Foi quando vi o mago saindo dela carregando duas pedras belíssimas nas mãos.

Fiquei fascinado com a beleza das pedras. Mas foi no momento em que me aproximei para vê-las mais de perto, uma delas começou a brilhar tão intensamente que chegou até a ofuscar o meu olhar.

Então acordei.

Era o "sol" batendo bem nos meus olhos, passando por uma fresta que havia no telhado do velho barraco abandonado.

Deitado mesmo, me estiquei até a mochila e peguei caneta e papel para escrever algo.

Olhei para o teto do barraco tentando alinhar meu olhar com o mesmo raio de luz que há pouco me acordara, e, como num flash, pensei: "como a gente não enxerga as pedras preciosas que estão bem na nossa frente..." E anotei:

> o fogo que desce
> dos rios da grande luz
> enche a vida de calor
> inunda a Terra
> com puro amor
>
> irmão Sol, irmã Lua,
> na grande mina do universo,
> brilham pedras ocultas

E coloquei o poema junto aos outros textos que havia escrito ontem à noite.

A poesia é como a música, se você não a escreve, não grava, perde-se para sempre aquele momento único.

E, no instante em que me levantava, o mago entrou apressado porta a dentro:

– Boa tarde, poeta!! – Disse ele com alguma novidade no ar.

– Boa tarde, mago! Tu preparastes alguma coisa pra comer?? – Perguntei, desconfiado.

– Ainda não! Mas olha só o que consegui com um pescador joia: chumbada, linha e anzol! Vamos pescar?

– Ôbaaa!! – E saímos fazendo festa que nem ontem à noite na direção do costão.

Agora era agitar um peixinho e escutar o mago. Grande figura!

Quando enfim encontramos uma pedra boa pra pescar, catei alguns mexilhões e mariscos para servir de isca e, logo em seguida, arremessou a linha, sentando-se comodamente.

– Minerar é soltar as linhas da imaginação – começou ele – é deixar que a nossa criatividade, o nosso "dom", encontre as pedras preciosas que estão escondidas na nossa mina. E não é assim tão difícil de encontrá-las, como parece, porque as pessoas no fundo, são como... como...
– Oceanos? – Retruquei, hesitante.
– Exato! Oceanos!! Repletos de tesouros perdidos no mar dos seus pensamentos.

E fez uma pequena pausa para meditar. Eu estava encantado com tanta filosofia de vida, explicada assim, de uma forma tão natural!

– Com o tempo – disse ele pouco depois – as pessoas vão perdendo a intimidade com certos caminhos da mina, como a ingenuidade ou os Caminhos das Artes, tão valiosos, ficando à mercê de saqueadores e especuladores que invadem e roubam as pedras da tua mina para assim enriquecerem rápido e fácil, porque uma pessoa sem a sua arte, sem sua identidade, é uma pessoa escravizada.

O mago fez outra pausa, o barulho das ondas do mar batendo nas pedras, sentia necessidade de pensar no que ele havia dito.

Suas palavras mágicas abrindo a cartola da minha mente, retirando dela um momento difícil de minha vida, momentos de dor e angústia, quando fui obrigado a olhar o mundo com lógica e sem emoção. Um mundo sem o imaginário humano, é um mundo doente e triste, despido de cor e poesia.

Quantas vezes a gente abre mão do nosso dom para fazer coisas que de nada enriquecem a nossa vida.

Pensei, então, nas pessoas que não conseguem soltar as suas linhas, pessoas que não acreditam mais no poder da poesia, na manifestação suprema das estrelas! Nem desconfiam, por exemplo, que são massageadas a todo momento pela Lua, ela que é responsável pelas marés, movendo toneladas de água em todo o mundo, movendo até mesmo as águas e líquidos do nosso corpo.

Não acreditar nas transições do Sol, no poder da Lua, na dança mágica dos planetas, querer negar suas formações extraordinárias, suas imensas densidades, empenhados na manutenção das águas e dos demais elementos que compõem a natureza, é negar a própria natureza!

Sim, o universo está sempre minerando a pedra bruta...

– Olha o peixe!! – Gritou o mago de repente, me dando um enorme susto, puxando e tirando uma baita Corvina da água.

–Nooossa!! Olha só o tamanho dela!

Limpamos ali mesmo no costão e voltamos em seguida até o barraco para prepará-la, é claro, à moda indígena: enrolada em folha de bananeira.

Me adiantei para pegar o facão no barraco e falei pro velho:

– Estou indo lá no morro pegar umas folhas pra cozinhar o "peixinho".

E, enquanto ele se encarregara de separar a lenha para fazer o fogo, me apressei em ir até um bananal que havia no meio de um vale escondido na montanha, não muito longe, a uns trezentos metros dali.

E, então, quando estava indo na direção do bananal, subindo a montanha por uma trilha usada por pescadores, comecei a me sentir um pouco estranho, assim, meio intimista.

Talvez, o mesmo intimismo que devem sentir os aprendizes de mineradores quando estão à procura das suas grandes riquezas, das suas pedras preciosas...

Uma estranha sensação de que eu estava entrando na minha própria mina.

E assim que retornei ao barraco, vi a lenha pronta num canto e o velho terminando de salgar o peixe.

E já fui logo perguntando, enquanto ele enrolava a Corvina na folha de bananeira:

– Ô mago, só de curiosidade, o que é preciso fazer para uma pessoa ser um minerador?

– Bem, em primeiro lugar, um minerador precisa saber que ele é o próprio tesouro, precisa se conhecer muito bem, e em segundo, "se doar" ao mundo!

– Que bonito!! E tão simples!!

– Nem tão simples assim! Pensa bem: minerar não é somente descobrir as joias raras, as pedras preciosas e as riquezas que existem na tua natureza, mas sim, e mais difícil, doá-las em seguida.

– É, olhando por este ponto, tu tens razão! Não é fácil aceitar a ideia de "doar", dividir já é algo tão difícil, "se doar", então, ainda mais no mundo de hoje, onde o egoísmo e a indiferença andam cada vez mais dinamitando e detonando as minas do pensamento humano. – Disparei.

– Mas quanta angústia e amargura!! – Retrucou o mago me olhando severamente. – Vou te contar uma história! Senta aqui e escuta. É uma pequena história que fala em "doação". Conheci certa vez, em uma lavra de rio, lá no interior de Minas, um velho garimpeiro. Um garimpeiro diferente desses que a gente costuma encontrar por aí, diferente porque era cego, em todos os sentidos, por não enxergar e também por não dar o verdadeiro valor que tinha o ouro, porque ouro nenhum no mundo poderia comprar aquilo que sempre sonhou durante toda a sua vida: a Visão! Tanto que doava tudo o que extraía do rio às crianças, porque acreditava no "Grande Minerador", e sempre que entregava seu tesouro aos pequenos, pensava que estava dando a Ele. Era um homem tão bom que, certa manhã, enquanto o garimpeiro ainda dormia, o Grande Minerador apareceu em seu sonho, e lhe prometeu uma joia muito rara: uma imensa pedra azul, mais preciosa que o ouro, a prata, o diamante, mais valiosa que qualquer outra pedra, que, no mundo de escuridão dos homens, poderiam ver. Quando o velho acordou, enxergou, pela primeira vez, da janela do seu barraco, o maior de todos os tesouros.

– Que linda história!!

E mais uma vez o mago fez um silêncio, que durou poucos minutos, quando minha curiosidade não se aguentou e então, perguntei:

– Mas que tesouro, mago!? Que pedra era essa tão valiosa que o Grande Minerador falava!??

– A Terra, poeta! A Terra! – Disse ele, visivelmente emocionado.

E ficamos ali, em silêncio, sentados na areia, por um longo tempo apreciando a paisagem.

Mais tarde, assim que almoçamos, resolvemos dar uma boa caminhada.

Iríamos até a Praia da Luz e Ibiraquera, duas praias mais ao sul, logo depois do Rosa.

Passaríamos então, pela lagoa salgada, pelas dunas e pelo morro do Portinho. O visual lá de cima, seria deslumbrante! Voltaríamos pelo Caminho do Rei.

Peguei a câmera fotográfica no barraco e, logo em seguida, já estávamos caminhando pela praia.

Era incrível como o mago encontrava tão fácil tesouros em tudo o que via e ouvia!

Cigarras cantando, um lagarto tomando sol, um pássaro pairando no ar, antigas inscrições rupestres em uma pedra, até mesmo uma pequena palmeira balançando com o vento, ele mostrava que era algo muito valioso.

O mago estava com uma luminosidade tão especial e o oceano, ao fundo, tão azul, que peguei rápido a câmera e já saí gritando: "Olha a foooto!"

Clic

– Outra! – Disse ele correndo pela praia com os braços abertos em forma de asas – clic, clic – entrando no mar – clic – até desaparecer envolvido por uma imensa onda.

Saiu d'água como entrou, dançando e pulando, mas sua camisa toda molhada – clic – e sacudindo os cabelos brancos no ar, parecia um daqueles velhos guitarristas dos anos sessenta minerando a música bruta, torcendo e distorcendo o som, quebrando tudo, e a platéia delirando nas ondas sonoras de um "Rock Metal".

Estava cada vez mais me apaixonando pela Arte do velho.

Decidi, então, enquanto caminhávamos, mentalizar "Seis Ensinamentos" que havia aprendido com ele.

Primeiro Ensinamento: Cada pessoa é uma mina, escondendo preciosidades muito além de sua própria percepção.

Segundo Ensinamento: Só é "tesouro" quando usamos o seu brilho para iluminar as nossas trilhas.

Terceiro Ensinamento: Um minerador tem que saber que ele é o próprio tesouro, precisa se conhecer muito bem.

Quarto Ensinamento: O mais difícil, "se doar" ao mundo.

Quinto Ensinamento: É na peneira dos pequenos detalhes que conhecemos as pessoas mais preciosas.

E, finalmente, o Sexto Ensinamento: Soltar as linhas da imaginação.

Sentia que precisava colocar logo em prática a "Arte da Mineração".

– Não vejo a hora de encontrar os meus tesouros! – Pensei em voz alta.

– E o que você faria, por exemplo, se nesse momento tivesse um desejo? – Perguntou subitamente o mago.

– Eu me entregaria a ele! – Respondi.

– Então!!

E nesse mesmo instante passamos perto de uma Pitangueira que me chamou a atenção pelo seu suave perfume, não pensei duas vezes, fui em direção à árvore, respirei fundo, e acariciei delicadamente todas as flores que estavam à sua volta.

Me sentia o próprio Édipo amando a mãe natureza. Mas não por isso arrancaria os meus olhos, como diz a mitologia, estava arrancando, isso sim, era a vergonha, o senso do ridículo, ganhando outras formas de ver e perceber o mundo, com outros olhos.

– Quem sabe um dia, os homens possam olhar o mundo com mais delicadeza, com mais poesia – Falei pro mago.

Eu não entendia como as pessoas podiam machucar e devastar tanto a natureza, tanta poluição, tanta violência, o uso de agrotóxicos, a estupidez nuclear, o aquecimento global, a matança absurda de animais para consumo, outros tantos em extinção, os desmatamentos, queimadas...

É, há pouco tempo, iam as bruxas para a fogueira, hoje em dia, vai o planeta inteiro!

– E tu mago, o que pensas dessa devastação toda no mundo?

– Eu penso é na Vida!! Na pedra mais preciosa que existe no planeta.

– E não te angustias de ver essa pedra tão preciosa sendo triturada e transformada em pó nesse absurdo que é a destruição da natureza?

O velho se inquietou por um momento, meio receoso, mas logo ficou sério, completamente mudo, como nunca tinha visto antes.

Um silêncio que já não podia mais chamar a atenção das minhas amarguras: ele próprio sentia que a pedra mais preciosa do planeta estava perdendo seu brilho.

Mas, de repente, o mago quebrou o silêncio ao estender o seu braço esquerdo com a palma da mão voltada para cima, onde bem no meio começou a aparecer um pequeno ponto vermelho, até surgir um sinal, que foi aumentando, aumentando e se transformando em uma verruga, crescendo, crescendo cada vez mais até a pele se romper e saltar para fora o mais lindo Rubi que até então meus olhos tinham visto.

Fiquei atônito, de boca aberta, não estava acreditando no que via. Uma linda pedra preciosa brotando de dentro do mago.

– É a Pedra do Coração!! – Disse ele, apenas, sem reparar que, de sua ferida, escorriam lágrimas de sangue.

Depois de alguns minutos olhando a pedra, num ato de poesia e desprendimento, jogou-a no mar e saiu caminhando pela praia lentamente, sem dizer mais nenhuma palavra.

Mesmo com tanta curiosidade e mil perguntas para lhe fazer, achei sensato respeitar o seu silêncio.

Já era tarde quando voltamos ao barraco, a mão do mago estava melhor depois que ele colocou algumas ervas sobre ela, e tratei logo de acender o fogo para tomar um chá quente com pão e mel. A noite se aproximava lentamente, e somente quando ela se fez toda, tive vontade de tocar, aqueles momentos mágicos com o velho mereciam ser celebrados, tamanho o meu contentamento! Entrei no barraco para pegar a flauta e, em poucos minutos, havia música no ar.

sax e flauta
suave
acell. rub.
violão
acell. rub.
acell. rub.
acell. rub.
2/4

A PEDRA PRECIOSA

Eram quase onze horas quando terminei de tocar, o mago, deitado na areia, dormia um sono profundo.

Pensei em acordá-lo para lhe perguntar se não queria dormir dentro do barraco, fazia frio aquela noite, mas achei melhor não incomodá-lo, estava num sono lindo de se ver.

Fiquei lembrando das coisas que ele havia falado ontem de noite, a mais bonita foi de como o Grande Minerador colocava e espalhava as pedras harmoniosamente pelo universo: em cada pedra preciosa, preciosa assim como a Terra, selecionava, na bateia do Seu Amor, seres especiais para cuidar dessas pedras, e dentro de cada ser, ele colocava uma outra pedra invisível ainda mais preciosa para lapidar e aprimorar este ser, e dentro desta, uma minúscula centelha divina para todos lembrarem de onde vieram... Lindo!!!

O velho não era um minerador qualquer, como esses garimpeiros e mineradores tradicionais, despejando mercúrio nos rios e nas lavras, envenenando a terra na busca dos metais nobres e caros, mas sim, minerava as pessoas com a química do carinho à procura de pedras mais simples, mas de um imenso valor, como o sorriso, o amor.

Mesmo porque, não tinha a intensão de carregar consigo os tesouros que encontrava pelos caminhos, como muitos fazem, deixando um vazio na terra, carregando a alegria que existe em cada coração.

Muito pelo contrário, fazia questão de deixar tudo ali mesmo, bem à mostra, aos olhos de todas as pessoas que, por ventura, se atrevessem a mergulhar naquela mina.

A noite estava linda, repleta de estrelas, e olhando bem para a escuridão do espaço, se podia ver, o universo é uma grande mina cheia de preciosidades!

Cada ponto brilhando no céu era, na verdade, uma pedra preciosa: a lua, os planetas, as estrelas, constelações, todos fazendo parte de uma imensa Jazida.

Uma verdadeira fortuna cósmica daquele que É o Grande Minerador.

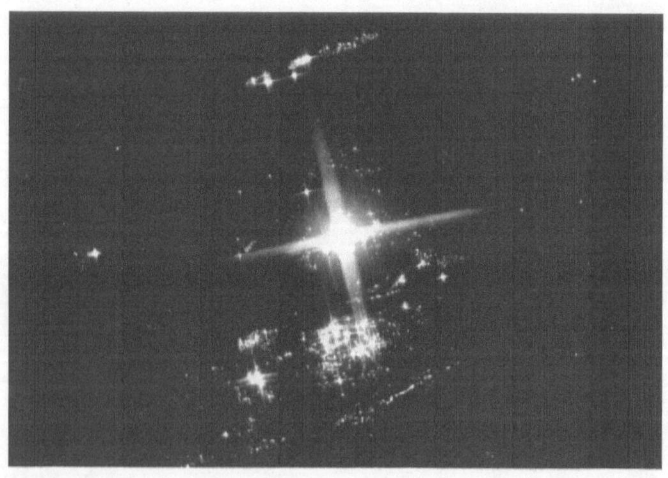

Voltei a olhar o mago e comecei a sentir uma grande admiração por ele, graças aos seus ensinamentos, estava vendo um mundo mais bonito!

Sempre tive tanta vontade de conhecer um mago, assim, de verdade, não esses de mentira que andam por aí explorando a ingenuidade e a espiritualidade das pessoas, mas um verdadeiro, e estava ali, bem na minha frente, uma pessoa cheia de sabedoria, magia e carisma.

O certo é que não esbanjava poder e glória para sempre, mas com uma simples palavra, espalhava amor e ternura para a mente.

Queria tanto lhe agradecer, lhe dar um abraço! Dizer que o mundo ficava mais rico com as suas palavras...

Mas agora estava ali, dormindo no chão.

Arregacei as mangas e peguei o velho no colo para levá-lo para dentro do barraco, era muito valioso para deixá-lo ao relento na beira da praia, pegando a maresia e o sereno frio da madrugada.

E me recolhi pra dormir.

Só sei que caminhava de noite por uma rua estreita na direção de uma linda igreja azul, quando percebi, no caminho, uma joalheria muito estranha, mal iluminada pela rua deserta e com a fachada coberta de Heras, onde uma placa de metal toda enferrujada, anunciava: **"O Grande Minerador"**, "Pedras Preciosas".

Olhei a vitrine e, curioso, entrei na loja.

E já fui olhando por tudo, decidido a encontrar a minha pedra, quando, uma Gema belíssima, entre tantas, me chamou atrás do balcão de vidro.

– Por favor, qual o nome desta pedra? – Perguntei ao senhor que atendia.

– É uma "Água Marinha"!

– É linda!! E porque ela tem esse nome!?

– Por ser azul, da cor do mar. – Respondeu ele, segurando-a delicadamente.

– E qual é o preço? – perguntei, já disposto a pagar qualquer quantia.

– Esta, meu filho, esta não tem preço, ela é sua! – Disse me entregando a pedra preciosa.

Com surpresa, recebi o presente, mas ao pegá-la, uma sensação estranha invadiu meu pensamento:

Tinha o "mundo" em minhas mãos.

Acordei num sobressalto, vi a porta do barraco aberta e, ao fundo, o oceano azul, a mesma cor da pedra que eu recém havia sonhado.

Depressa peguei caneta e, como não encontrava papel, anotei seu nome na mão e correndo fui até a praia mostrar ao velho que estava sentado na areia.

– Sonhei com esta pedra, mago! Agora de manhã! – E estiquei a mão a ele.

– Me conta!! Como foi o sonho!? – Falou entusiasmado, se levantando rápido e me pegando pelos dedos pra ler o nome da pedra.

E contei todo meu sonho a ele e que o senhor que atendia na loja havia me dado a pedra.

O velho ficou em silêncio, interpretando o sonho, e falou em seguida:

– Água Marinha é a Pedra da Visão! É uma pedra muito valiosa, poeta. Com ela, vais encontrar, no interior da "tua" igreja – disse apontando e olhando para o mar – teu grande tesouro!!!

– O oceano é minha igreja?? – Perguntei pro mago, sem compreender direito as suas palavras.

– É minha também! – Disse ele se emocionando e chorando.

Cheguei bem perto para lhe dar um abraço, quando olhei fundo nos seus olhos, e vi que, na verdade, derramavam lágrimas azuis.

Colhi as primeiras que escorriam do seu rosto e levei até minha boca – e foi no momento em que elas tocaram na língua com o gosto salgado igual ao da água do mar, é que descobri que dentro de cada ser humano, existe um oceano.

Emocionado, me ajoelhei na areia e fechei os olhos para chorar, quando, ternamente, senti a sua mão tocar meu ombro e ouvi, pela última vez, a sua voz:

– O "universo interior", meu filho, é o grande tesouro.

Quando enfim abri os olhos, percebi que o mago caminhava ao longe na beira da praia.

Pensei que estivesse apenas dando uma caminhada, mas durante os dias que se seguiram, ele não mais voltou.

EPÍLOGO

Ainda lembro de ter batido algumas fotografias do velho mago, todas com o mar ao fundo, mas minha surpresa foi depois da revelação – nas fotos ampliadas – se via apenas o "azul" do mar brilhando nos meus olhos.

Como se ele dissesse que um grande tesouro era mais importante que as suas rugas e os cabelos brancos, conquistados com seu trabalho de fazer brotar, da pedra bruta, uma fonte preciosa com as pedras mais lindas da alma humana, como "lágrimas" escorrendo dos olhos.

e
do
fundo
da terra
brotava uma
fonte de água que
regava a superfície,
e o Senhor Deus,
formou, pois,
o homem.

Gênesis 2, 6-7

Dedico esta obra para minha amada mãe Elisabeth Marodin.

Nasci em Porto Alegre em 17 de novembro de 1963.
Obras publicadas:

Ermitagem (Poesia - 1988)

Sexo das Flores (Poesia - 1990)

O Grande Minerador (Novela - 1994)

Buquê de Flores (Poesia/Fotografia - 1999)

Diário de um Poeta Pé na Estrada (Autobiografia - 2004)

Sem Meias Palavras (Crônicas - 2007)

Triskel (Prosa Poética - 2009)

Toninho Pescador (Fábula - 2009)

Circense (Poesia - 2011)

O Coração Humano - Uma Leitura Clínica Poética (Crônicas - 2011)

Cadê a Bronca!? (Memórias - 2015)

A Porta (Ensaio - 2016)

Preconceito Linguístico — Os Perigos na Gravidez da Língua Mãe (resenha - 2018)